La chasse au trésor de Charlotte aux Fraises

Une histoire d'Amélie Lamirand
Illustrée par Marjolaine Parize

AMERICAN GREETINGS

The Incredible World of DiC

Conception Turbulences Presse
ISBN : 978-2-01-226194-5

HACHETTE
Jeunesse

Caramiel, qui connaît Fraisi-Paradis sur le bout des sabots, a organisé une chasse au trésor pour son amie Charlotte aux Fraises. Elle lui a donné rendez-vous au Carrefour des Délices.

« Youpi ! Charlotte aux Fraises arrive ! Je lui ai réservé une journée inoubliable ! dit la ponette tout excitée.

— Bonjour Caramiel ! s'exclame Charlotte aux Fraises en abordant son amie. Alors ? Quelle surprise me réserves-tu ?

— C'est une chasse au trésor ! clame Caramiel. Je vais te donner un premier indice, qui te mènera à un second et ainsi de suite jusqu'au trésor. Lis attentivement ce parchemin. On se retrouve tout à l'heure. »

« C'est trop facile, jubile Charlotte aux Fraises, nous devons nous rendre chez Fleur d'Oranger ! Il n'y a que chez elle que l'on trouve des orangers, des citronniers et des pamplemoussiers. »

Ils traversent le Pays des Friandises et ses collines de sucre glacé pour arriver à l'orée du Verger de Fleur d'Oranger.

« Bonjour, Fleur d'Oranger ! Je participe à la grande chasse au trésor organisée par Caramiel, explique Charlotte aux Fraises. Je pense que notre deuxième indice est ici. Je me trompe ?

— Tu as raison. Bravo pour ta perspicacité ! Voici ton deuxième indice », dit Fleur d'Oranger en tendant le second parchemin à son amie.

« Voyons voir… réfléchit Charlotte aux Fraises. Deux de mes amies adorent la lecture : Cookinelle et Baba Hortensia. Mais Baba Hortensia est la reine des muffins. Allez mes amis, la maison de Baba n'est qu'à quelques macarons d'ici.

— Pfff… C'est loin ! ronchonne Pralinette.

    — Vous voilà enfin ! se réjouit Baba Hortensia en voyant arriver ses amis. Quelle fraisibuleuse idée a eue Caramiel !

    — Elle ne pouvait pas me faire plus plaisir. Nous nous amusons comme des petits fours depuis tout à l'heure.

    — Vous prendrez bien un de mes fraisi-muffins avec votre troisième indice ? propose Baba Hortensia avec un large sourire.

    — Bien sûr », répond aussitôt Charlotte aux Fraises en découvrant le nouvel indice entre les gâteaux.

Dans un pays des plus doux,
à la porte d'une artiste
de talent, vous me trouverez !

Caramiel.

« Je crois que Caramiel fait allusion au Pays des Douceurs. C'est chez Angélique, notre amie pâtissière, que nous devons nous rendre, annonce Charlotte aux Fraises. À bientôt Baba Hortensia, et merci pour les muffins ! »

Clafoutis est très impatient ! Il court déjà vers le quatrième parchemin sur la porte de la pâtisserie d'Angélique.

« Clafoutis, tu es un chien hors pair ! » le félicite
Charlotte aux Fraises en découvrant le message.

Angélique n'est pas là, mais elle a pris soin de laisser
à ses amis l'indice, et… quelques choux à la crème !

« Nom d'un petit bonhomme de pain d'épices… À qui Caramiel fait-elle allusion ? Reprenons : qui ne porte pas de robe ? Les garçons… Et qui est le seul garçon de Fraisi-Paradis ? Coco-Berry ! Ne traînons pas ! Le Pays des Myrtilles est au moins à cinq barres de cake d'ici. »

La petite troupe se met en route pour rejoindre le fort de Coco-Berry.

« J'en ai plein les pattes de cette chasse au trésor, râle Pralinette.

— Allez, ma ronchonne préférée. Je veux bien te porter »,
propose Charlotte aux Fraises.

Ni une ni deux, Pralinette saute dans les bras de sa maîtresse.

« Mes amis ! s'exclame le petit garçon.

— Bonjour Coco-Berry, est-ce bien toi qui détiens notre dernier indice ?
demande Charlotte aux Fraises tout excitée.

— On ne peut rien te cacher ! Tu es une excellente aventurière,
aucun des indices de Caramiel ne t'a échappé ! Je te récite mon énigme :
à l'entrée du Marais de la Guimauve Mauve, sous mon chapeau rouge,
je vous attends. Attention, c'est moi qui vous guiderai jusqu'au trésor !

— Une seule de mes amies habite près du Marais de la Guimauve Mauve…
C'est Diabolo Menthe ! Je me trompe, Coco-Berry ?

— Encore une fois, tu as trouvé où se cachait ton prochain parchemin !
Si tu es d'accord, je t'accompagne.

— Pas de problème. Dépêchons-nous, j'ai hâte de découvrir le trésor
de Caramiel ! »

En arrivant aux abords du Marais de la Guimauve Mauve, Charlotte aux Fraises et Coco-Berry tombent nez à nez avec Diabolo Menthe.

« Bravo Charlotte aux Fraises ! s'écrie Diabolo Menthe en serrant son amie dans ses bras. Tu es toute proche du trésor à présent. Ferme les yeux, je t'y conduis !

Tu peux ouvrir les yeux, maintenant ! » clame Diabolo Menthe.

Charlotte aux Fraises est très émue. Tous ses fraisi-amis sont là. Ils ont préparé un immense pique-nique rien que pour elle !

« Charlotte aux Fraises, explique Caramiel, voilà ton trésor et aussi le nôtre : c'est l'amitié qui nous lie les uns aux autres !
— Caramiel, c'est un trésor fraisibuleux ! Je te remercie pour cette magnifique journée. Vive l'amitié à Fraisi-Paradis ! »